Wir selbst sind der Preis

Alles Liebe und
Gute zu Deinem
36. Geburtstag, liebe
Ute, wünscht Dir
Andrea u. Familie!

Wir selbst sind der Preis

Poetische Texte gesammelt und herausgegeben von

Kristiane Allert-Wybranietz

Illustrationen von
Norbert Härtl

WILHELM HEYNE VERLAG
MÜNCHEN

Band-Nr. 40/59

Umschlaggestaltung: Atelier Ingrid Schütz, München
Satz: Partner Satz, Ingolstadt
Druck und Bindung: Mohndruck Graphische Betriebe GmbH, Gütersloh

ISBN 3-453-03219-5

Vorwort

Ich freue mich, mit diesem Buch erneut Texte von schreibenden Zeitgenossen aus dem deutschsprachigen Raum vorstellen zu können.

Die Menschen, deren Texte in diesem Buch zusammengetragen wurden, sitzen weder im Elfenbeinturm noch in der spitzweg'schen Dachkammer. An solchen Orten findet (und fand wohl noch nie) die Literatur nicht mehr statt.

Die hier versammelten Dichter haben unterschiedliche Berufe: Schüler, Rentner, Hausfrauen, Studenten. Sie sind tätig in der Werbung, in der Industrie, in journalistischen und sozialen Bereichen.

Sie haben gemeinsam den Willen zum Leben (nicht nur zum Überleben), wache Sinne für die Klänge und Mißklänge unserer Zeit. Und sie teilen die Gabe, sich durchs Schreiben auszudrücken.

So schreiben sie nicht allein über Segnungen oder Leid der Liebe, über die Schönheit der Natur und deren Stille, über heimliche Wünsche, die man nicht auszusprechen wagt. Wie könnten sie! In einer Welt, die laut ist und unruhig. In einer Natur, die die Idylle nicht mehr ohne weiteres hergibt, sondern eher mit Bedrohung und Zerstörung in Zusammenhang gebracht wird. Wie könnten sie! Bei einer allgemein zunehmenden menschlichen Verkrustung und Orientierungslosigkeit, der man nur Aktivität und keine stillen Wünsche entgegensetzen kann.

Die Autoren sind trotz der Ängste, Sehnsüchte und Hoffnungen, die sie äußern, und trotz der Mißstände, die sie aufzeigen, weit davon entfernt, pessimistisch oder weinerlich zu sein.

Sie sind so mutig, sich zu zeigen, sich zu ihren Gefühlen und Gedanken zu bekennnen, was absolut nichts mit dem so oft in der Literaturkritik zitierten »seelischen Striptease« zu tun hat.

Typisch in unserer Zeit sind Verpackung, Vorurteile und die Angst, die eigene Verpackung wiederum könne nicht halten. Das trennt uns in einem Maße voneinander, das bedenklich ist. Und es ist heute sicher einfacher, jemanden mitleidig-abfällig ein »Sensibelchen« zu nennen, als sich seine Sensibilität für Positives und Negatives zu bewahren, sie nicht unter der coolen und/oder intellektuellen Schale zu verdrängen und zu verbergen.

Daß ich in diesem Buch wieder eine Auswahl getroffen habe, in der es thematisch um Zwischenmenschliches, um Kriegs- und Umweltgefahren geht, hat zweierlei Gründe:

Diese Themen dominieren in den über 1500 Manuskripten, die ich gelesen habe. Und da in diesen Bereichen – außer bei Menschen, die sich festgefahren haben – immer neue Aktualität auftritt, finde ich es wichtig und legitim, das zu zeigen, was vorgeht, anstatt krampfhaft nach neuen Themen zu suchen. Beziehungen entstehen neu, brechen ab, verändern sich, oder man existiert in einem – selten erquicklichen – Zustand des Stillstandes.

Was Umwelt, Völkerkonflikte und Frieden betrifft, so bin ich der Meinung, daß man hier nicht oft genug wiederholen, wachrütteln und protestieren kann – solange keine konsequent neuen Wege beschritten werden.

Themawechsel

Seitdem ich auf die Idee kam, Nachwuchsautoren zu fördern und ein Forum zu schaffen, das es ihnen ermöglicht, sich vorzustellen, habe ich mit vielen schreibenden Menschen gesprochen und korrespondiert. Mir ist aufgefallen, daß viele Schwierigkeiten haben, gegenüber ihrer Umwelt zuzugeben, daß sie Gedichte schreiben.

Gedichteschreiben scheint heutzutage mehr denn je mit einem Konglomerat aus Vorurteilen behaftet zu sein: Träumerisch. Unrealistisch. Versponnen. Schwach. Bis hin zu neurotisch oder »nicht ganz dicht«. Gedichteschreiben entschuldigen manche noch bei pubertierenden Mädchen und Jungen wie Akne im Gesicht. Oder bei Hausfrauen – frustrierten selbstverständlich – anstelle des Putzfimmels.

Ich möchte dazu hier keine Stellung nehmen, sondern nur auf die biographischen Angaben am Ende des Buches verweisen...

Um so mehr möchte ich Menschen, die schreiben, ermutigen, dies weiter zu tun.

An dieser Stelle danke ich dem Heyne Verlag, daß er mir durch die Bereitschaft, Anthologien von eher unbekannten Autoren zu veröffentlichen, half, meine Idee zu verwirklichen, und somit den Autoren sowohl in ABSEITS DER EITELKEITEN wie auch in diesem Nachfolgeband ein Forum der Öffentlichkeit schuf.

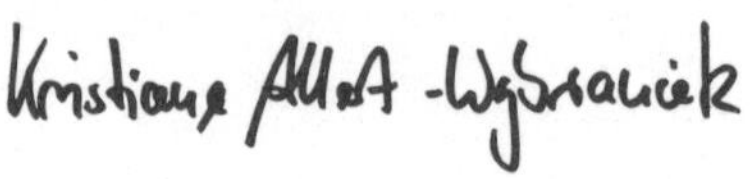

P.S. Da für 1991 ein weiterer Band in dieser Reihe geplant ist, möchte ich schon heute bitten, Manuskripte an mich einzusenden. Meine Anschrift lautet: Kristiane Allert-Wybranietz, Höheweg 55, 3063 Obernkirchen.

THOMAS ADAM

ausspannen

wenn niemand
mich dir ausspannt
muß ich es eben
selber tun

ich spanne mich aus
hierher
dir vor die füße
lege ich mein zaumzeug

ich war lange genug
dein esel

WOLFGANG BARTZ

Umkehr

Jeder Tag bietet uns aufs Neue die Chance
zur Umkehr.
Jedoch müßten wir dazu erst einmal bemerken,
daß wir auf dem falschen Weg sind.

WOLFGANG BARTZ

Sie wissen nicht, was sie tun

Ich sehe eine grüne Wiese, auf der Sonnenhungrige
ihre Körper bräunen,
sie wissen nicht, was sie tun.
Ich sehe neben der grünen Wiese einen Spielplatz,
auf dem Kinder toben,
sie wissen nicht, was sie tun.
Ich sehe neben der grünen Wiese und dem
Spielplatz ein Feld, auf dem Bauern die Ernte
einholen,
sie wissen nicht, was sie tun.
Ich sehe neben der grünen Wiese, dem Spielplatz
und dem Feld ein Rednerpult, auf dem ein Politiker
immer wieder beteuert:
»Es ist alles unbedenklich!«
Er weiß, was er tut!

HELMUT BLEPP

abhaken

sich gefangen fühlen bei offenen türen
weil die gegenwart verplant
und die zukunft aussichtslos ist
dazu die ohnmacht in der nacht
ihre ruhigen atemzüge neben meinem wirren kopf
der sehnsüchte züchtet
von denen sie nicht einmal träumt

sich leer fühlen im ausgefüllten leben
der tagesablauf eine lange liste
alles läßt sich abhaken bis auf den schluß
der in keiner reihe steht
und immer wieder dazu zwingt
den kommenden tag aufzulisten

sich erbärmlich fühlen in der zufriedenheit
die keine ist weil im hirn
hilflose perspektiven wuchern wie der schimmel
auf dem kaffeefilter im papierkorb
wo neben kippen und erwarteten briefen
die zerknüllten gedanken von gestern faulen

HELMUT BLEPP

tristesse

der himmel ein graues linnen
von bracke vollgesogen
malt schlieren
auf frisch geputzte scheiben
beiläufig
wie der alte mann
der gedankenverloren
im nachtcafé
auf die serviette kritzelt

IRIS-IRA BÖTTCHER

Verrückte Umwelt

Ich habe mich nicht verändert,
ich denke und fühle genauso wie immer.

Aber in der Kneipe will mir jeder ein Bier ausgeben.
Aber alle reden in der Stadt nicht mehr mit mir,
sondern mit meiner Freundin über mich.
Aber die Mütter ziehen ihre kleinen Kinder von mir weg.

Wenn ich den Mund aufmache,
wenn ich lache, schauen sie mich an,
als wenn ich vom Mars käme.

Mein Kopf hat sich nicht verändert,
aber mein Körper:
Ich bin Rollstuhlfahrerin.

VERONA BRATESCH

ALLEIN

Zweimal schien der Mond in den Hof,
zweimal öffnete ich
die Türen dem Wind.

Rutenkahl standen die Sträucher im Garten,
Blätter lagen und seufzten
auf leidendem Stein.

Zweimal glaubte ich schon, du kommst,
zweimal öffnete ich
die Fenster dem Wind.

VERONA BRATESCH

SCHICKSAL

Ins Leben geschleudert,
ohne mein Einverständnis.
Ausgerüstet
nur mit Harmlosigkeit.

So bin ich gegangen
auf möglichen Wegen.
Und jetzt,
wenn Müdigkeit mahnt,
es sei Zeit,
wenig Zeit noch geblieben,
stehst du bereit, mich zu richten.
Du, nie ermüdend.

Bist du mein Richter,
so bin ich auch deiner,
selbst wenn du der Stärkere bist.

JUTTA BRECKHEIMER

Die Wende

Am Anfang habe ich Dich geliebt
– mit Fehlern –

Nach einiger Zeit mochte ich Dich
– trotz Fehler –

Nach einem Jahr wollte ich Dich
– ohne Fehler –

Heute messe ich Dich
– nur noch an Fehlern –

Du bist derselbe geblieben
– mein Gefühl hat sich verändert.

JUTTA BRECKHEIMER

Geständnis

Mama – ich habe einen Freund,
seit ein paar Wochen schon.
Er heißt Michell und er ist blond.
Er mag mich ehrlich, ganz bestimmt.
Wie alt er ist? Das weiß ich nicht.

Er sagt, daß er mich nie verläßt,
daß er mich liebt, so wie ich bin.
Ist das nicht einfach riesig toll?

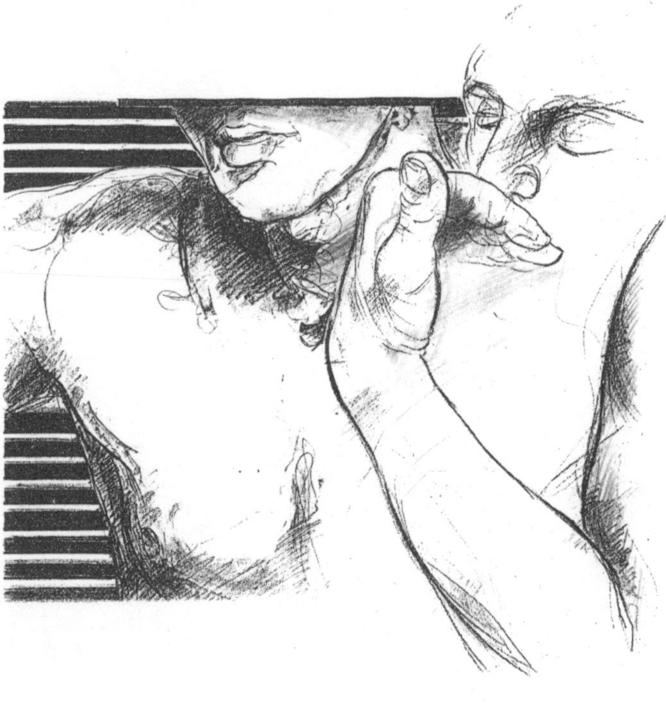

Mama, Du bist plötzlich so still.
Kann ich nicht machen, was ich will?
Na komm, jetzt weine bitte nicht.
Schau' mir doch einmal ins Gesicht.

Du kannst nicht? Das ist schad für mich.
Trotz alledem, ich liebe Dich.
Ja, ja, Mama, ich gehe schon.
Das hätt' ich nicht von Dir gedacht.
Ich glaubte stets, ich sei Dein Sohn.

CLAUSÉRIC BREUÉL

NACH DEM GEWITTER

gleiten
die weißweißen Wolken
über die Erde hin
als wollten sie
liebkosend streichelnd
vergelten
was ihre
schwarzblauen Schwestern
dem triefenden Baum
soeben angetan...

SIGRID BURGER

Es paßt in eine Pillendose...

Abgestrampelt
abgekämpft
sink ich
am Abend
ins Bett.

Mein Tag war
zum Überschwappen
voll mit Ereignissen.

Ich klaube heraus
was wesentlich war...
Was hat zu meiner
Weisheit beigetragen?
Was hatte Ewigkeitswert?

ES PASST IN EINE
PILLENDOSE...

INGO CESARO

UNTERSCHIED

schon die
Kinder
erkennen
am Motorengeräusch
die verschiedenen
Maschinen

bei uns
unterscheiden sie
Autos
in Kriegsgebieten
Bomber.

MANFRED CHOBOT

verkehr

statt deiner hand
liebkose ich den schalt-
knüppel
lehne meinen kopf
an die stütze statt an
dich
steck mir meine zärtlichen
gefühle
an den hut
den ich nicht trage

PETER CORYLLIS

Wo Erde Tränen trinkt
kann keine Freiheit wohnen.

Nicht da wo Pfähle stehen
ist die Welt begrenzt

nicht Mauer, Stacheldraht
nicht Flußbett, Barriere –

der Mensch allein ist's
der die Zäune zieht.

Im Inneren der Weltumwelt
sind Maß und Grenze
Wertlos der Befreiung –

der Mensch ist's
der die Tore schließt und öffnet

der Grenzen abbaut
Grenzen überwindet

der fesselloses Sein
aus sich gebiert.

Er ganz allein
kann grenzenlos sein
handschellenlos
und grenzenlos
in seinem Denken seinem Handeln, seiner Liebe

er braucht nicht
Waffen, Ketten und Gewissenswäsche

er braucht nur sich
sein Wollen und sein Tun
im Grenzbereich der Freiheit aller Menschen.

Die Erde ist des Menschen Paradies
wenn alle und der einzelne es wollen.

PETER CORYLLIS

Immer

Immer sind's
heiße Gewitter,
die über glücklichen Tagen
stehn,

immer
verbotene Wege,
die heimlich die Liebenden gehn.

Immer muß
Mut bezwingen,
was Angst in die Herzen
brennt,

immer
sich selber verschenken,
wer das Wunder der Liebe
kennt.

Immer aber
bleibt Hoffen
dem, der auf Zukunft
baut,

immer trägt
sicheres Ahnen,
wer seinem Herzen
vertraut.

PETER CORYLLIS

In blanke Platte
an hoher Felswand

gemeißelt
die Namen der neuen Geschlechter

und unauslöschbar
stahlhart gehämmert
die Gesetze des kommenden Tages

und in erzene Tafeln
an jedem Haus

eingeritzt
mit glasklarem Griffel
ein einziges
alles umfassendes Wort:

ZUKUNFT!

BRUNO DONUS

IN ERMANGELUNG

In Ermangelung
geschlechtlicher Antriebe
überträgt
der Autowäscher
seine Liebe
wöchentlich einmal
auf ein Stück kaltes Blech.
Dieses versteht das Liebeswerben
als eine Vergewaltigung
des Lackes.

Aus Rache
setzt es Rost an.

BRUNO DONUS

VERNISSAGE

Blicke heucheln Verständnis
vor der Ölorgie in Grau
für rätselhafte achttausend Mark.
Als der Auslober spricht,
fällt einen Daumensprung rechts
Monumentales aus dem Rahmen
und kichert vor sich hin.
Voraus eilen des Künstlers
Gedanken an das kalte Büfett.
Dort trägt die Frau des Stadtrates
Altbekanntes zu Markte.
Ein Möbelhändler schüttet sich
subventionierten Rotwein
über das Hemd
und bekleckert seinen Anzug
mit magenfreundlichem Ketschup.
Sofort wird er von Experten
als Kunstwerk bestaunt
und mit einem Preisschild
versehen.

CHRISTINE EDER

NOCH NICHT FLÜGGE

endlich
kann ich mir
einen Reim
machen
aus den Worten
die auf
kaltem Boden
liegen und
zitternd nach
Halt suchen
wie
flügellahmes
Gefiedervolk

sie purzelten
aus ihrem
warmen Nest
als sie
übereifrig und
siebengescheit
fliegen übten

sie wußten ja nicht
daß ihre Flügel
noch zu weich sind
um die richtige
Durchschlagskraft
zu besitzen!

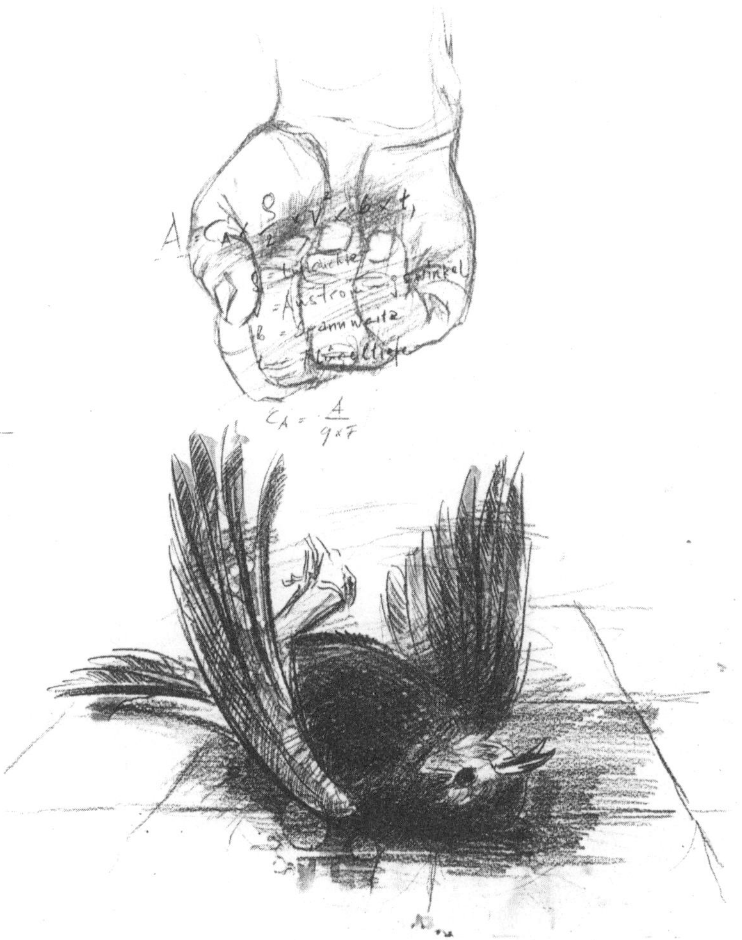
$A = C_A \times \frac{\rho}{2} \times v^2 \times b \times t$
$C_A = \frac{A}{q \times F}$

HEINER FELDHOFF

Klassische Fragen an Alexandra

warum warum warum warum warum warum
warum warum warum warum warum warum
warum warum warum warum warum warum
warum warum warum warum warum warum
hast

warum warum warum warum warum warum
warum warum warum warum warum warum
warum warum warum warum warum warum
warum warum warum warum warum warum
du

warum warum warum warum warum warum
warum warum warum warum warum warum
warum warum warum warum warum warum
mich

warum warum warum warum warum warum
warum warum warum warum warum warum
warum warum warum warum warum warum
verlassen?

HEINER FELDHOFF

Pferdenarren

Sie: »Du Schreibtischhengst.«
Er: »Du Staubtuchstute.«

Und wiehernd trippelt sie
über seine Papiere,
bäumt er sich auf
in ihrer Besenkammer.

REINHARD FÖRSTERLING

20jähriges Jubiläum in einem Bremsbelagwerk

Atemnot
Husten
Auswurf
und eine
Urkunde
Herzrhythmusstörungen
Schleimhautentzündung
und eine
Sonderzuwendung

Ekzeme
Allergien
Asbestose
und eine
knappe Zeile
unter anderen Jubilaren
in der Tageszeitung

WERNER GAEDE

MARIONETTENTHEATER

Unter Normalnull in der Erde
Marionetten,
Wie sie schon Jahre
Jeweils bis Dienstschluß gesessen haben.

In ihr Hirn eingetrichtert
Nur ein Gedanke,
Zu funktionieren, wenn das Alarmzeichen kommt.

Sie reagieren automatisch
Dauer: einen Atemzug.

Jetzt müssen die Dinger im Ziel sein.

Vibrierte nicht die Erde,
Flackerten nur die Neonröhren?
Sie warten in ihrem Chrom-Gestühl
Vergeblich auf die nächste Schicht.

CORNELIA KIEBGIES-GANGLOFF

Tag für Tag
lege ich
mein Herz an die Kette.
Lebensmüde
treibt mich
das Pflichtbewußtsein
durch
ein Schattenland.
Mein Schrei
erstickt
im Würgegriff
des Schicksals.
Ich buhle
nicht
um Deine Liebe;
doch
ich möchte
die Musik anhalten,
weil Du
mit einer Anderen tanzt.

CORNELIA KIEBGIES-GANGLOFF

War es noch gestern?
Tausend Möglichkeiten
eines
künstlichen Universums
schuf ich,
in Gedanken bei Dir
zu sein.
Die Vergangenheit
stirbt
an Entkräftung.
Kann mich
nicht
entsinnen,
war es noch gestern,
als genug von Dir
zu wenig war?

ANJA GESSNER

UNGESCHMINKT

Sie trug einen unsichtbaren Spiegel mit sich, und Unzufriedenheit umwölkte ihre Stirn. Sie trug hohe Absätze, weil sie sich zu klein fand. Sie schminkte ihr Gesicht, weil es ihr zu kindlich war. Sie hungerte immer wieder, weil sie sich zu dick fand. Und fast vergaß sie die Angst, ihr ICH zu verlieren.
An dem Tag, an dem er zu ihr sagte:
»Ich liebe Dich, so wie Du bist!«
lächelte sie ungeschminkt in den Spiegel und
warf ihn an die Wand.

PETER GÖHRING

An Anna

Solange Du klein bist
hast Du Deinen Mund oder
Deine Augen
von der Mutter.
Deine Nase »ist ganz der Papa«.
Erst später,
wenn irgend jemandem Deine Nase nicht mehr
paßt,
gehört sie plötzlich Dir.

PETER GÖHRING

Lieb behalten...

Alles was zu,
zum Beispiel
zu wissenschaftlich betrieben wird,
verliert schnell seinen
natürlichen Reiz.
So studierte ich Musik,
weil ich sie so gerne hörte.
Nun sehe ich nur noch Partituren vor mir,
wenn ich Musik höre,
bei der ich früher träumen konnte.
Du weißt,
daß ich Dich liebe.
Verzeih mir also bitte,
wenn ich mich manchmal weigere,
Dich vollkommen zu verstehen.

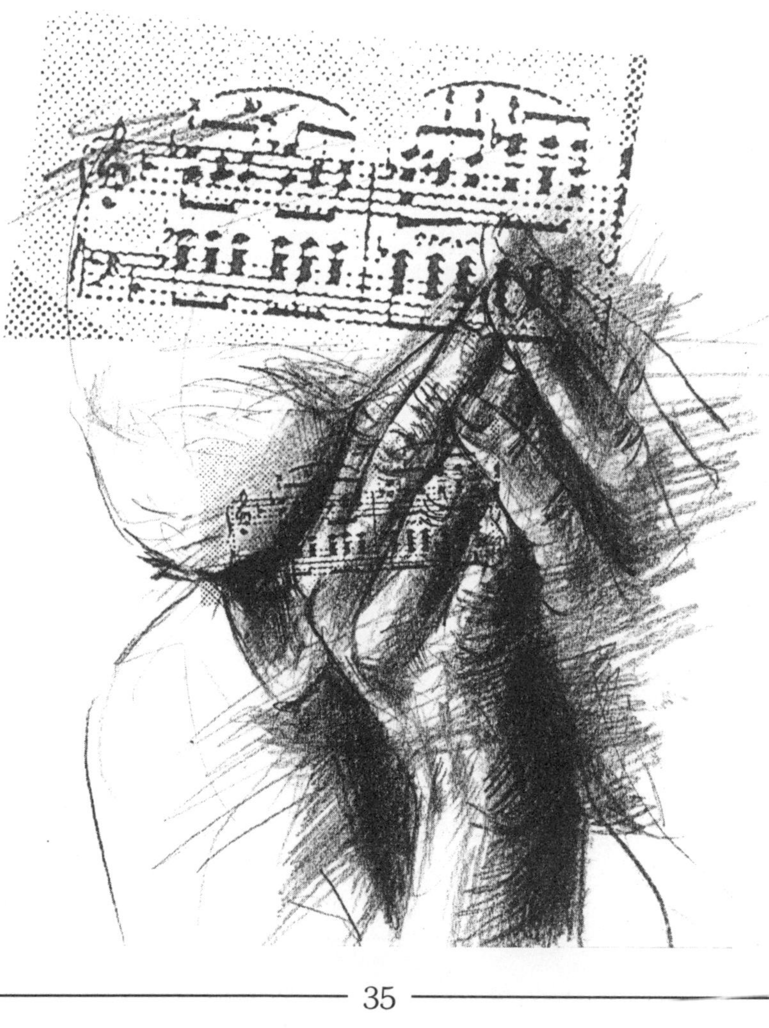

PETER GÖHRING

Das Echo

Der Streßlawine entkommen!
Weg vom:
Sehr geehrter Herr...
...erwarten von Ihnen...
...auf baldiges Wiedersehen hoffend...
Mit freundlichen Grüßen...
Ihr...!

Endlich geschafft!
Und stehe vor der Weite
des Meeres.
Am Strand.
Allein.
Ich fühle mich frei.
Nie hätte ich gedacht,
daß ich das Meer, die Weite,
die ich so verehre und
sehnlich erwartet habe,
schon so bald wiedersehen dürfte.
Ich hätte es nie zu hoffen gewagt.
Aber sage doch,
Meer,
warum bist Du mir nur so fremd?

Dein...!

PETER GÖHRING

Lebensangst

Ein Mann...
dem alle Ärzte, die er konsultierte
einen baldigen Tod bestätigten,
fand sich mit seinem Schicksal ab.
Er nutzte seine letzte Zeit,
indem er allen Freunden und Bekannten
das sagte,
was er sich zuvor nie getraut hatte.
Er sagte, was er dachte,
sprach seine Meinung aus,
wurde ehrlich gegenüber sich selbst.
Die Ärzte hatten sich geirrt.
Er war kerngesund!

...bekommt plötzlich Angst.

CAROLA GORSCHBOTH

SCHAUSPIELEREI

Oft denke ich, es ist gut, daß Du nicht *in* mich
schauen kannst.
Sonst würdest Du sehen, daß meine Stärke
Schwäche ist
und meine Härte meine Verletzlichkeit *beschützt.*
Du würdest sehen, daß meine langweilende
Gleichgültigkeit Angst,
meine Überlegenheit Schüchternheit
und mein Zugehen auf Dich jedesmal eine
Mutprobe ist. – Du kannst es nicht sehen.
Doch Du siehst auch nicht, daß meine Kälte
brennende *Liebe ist...*
Du kannst nicht in mich schauen... ist es gut?

THOMAS GRIESBACHER

ABSCHIED

einen Sommer lang
Wange an Wange
lagen wir
von den Lippen küssend
das Unsagbare

THOMAS GRIESBACHER

MEIN SCHICKSAL

gleich einem Schatten
haftet mir
mein Schicksal
an den Fersen

manchmal groß
manchmal klein
manchmal lacht es
manchmal weint es
manchmal –
da spielt es verrückt

schon lange
habe ich genug
von ihm

so schlug ich
es nieder
als es mir
heute morgen
– frech grinsend –
entgegentrat

ich ließ es liegen
und ging weiter

vielleicht
rächt es sich
irgendwann einmal
dafür

THOMAS GRIESBACHER

MELANCHOLIE

Du stille Freundin
besuchst uns
wenn es Nacht wird
und Träume sterben
auf nassen Straßen
die der Nebel küßt
voll Schwermut

STEFANIE GRUNDLER

Frieden

Faust – Krieg – Frieden
Keule – Krieg – Frieden
Speer – Krieg – Frieden
Armbrust – Krieg – Frieden
Gewehr – Krieg – Frieden
Kanone – Krieg – Frieden
Maschinengewehr – Krieg – »Frieden«
Atombombe – Krieg – Ende

STEFANIE GRUNDLER

Liebe kann wie eine
quadratische Gleichung sein.
Links ich
                    rechts Du,
nicht zusammen,
sondern streng getrennt.
Jeder kürzt am andern weg
was unnötig ist.
Am Schluß
bleibt fast nichts mehr übrig.
Zu spät:
                    »Verrechnet«

BROADWAY
ONE WAY

WOLFGANG GÜNTHER

dschungel?

als ich im zentrum von manhattan
ankam, dachte ich, ich wäre in
einem dschungel.
ich sah keine sonne, nur hochhäuser
ich hörte stimmen, verstand aber
nichts.

wie ein fluß, schlängelten sich
unzählige autos durch die straßen,
irgendwo schrie ein kind,
polizeisirenen heulten auf,

ob die mich hier rausholen?

SILVIA GUHR-HILDENBRAND

Fragen ohne Antwort

Zu Beginn
Meinten wir
Unsere Gemeinsamkeit
Müßte darin bestehen,
Daß wir
Auf alle Fragen
Die gleichen Antworten
Hätten...

Später
Erkannten wir,
Daß es genug verbindet,
Die gleichen Fragen
Zu stellen...

GIESELA HANNES

VERLASSEN

Das Haus
        stürzte nicht ein
        als Du gingst –

Die Vögel
        fielen nicht vom Himmel
und die Straße
        bog sich nicht
        unter Deinen Schritten.
Mein Herz
        schlug weiter in mir.

        Aber die Welt
        stand
        still.

ERNST HEGER

Der Frosch, der auszog, das Quaken zu lernen

Irgendwo lag friedlich ein Teich in der Sonne. Im Strahlenspiel des Wassers, im dichten Schilf, quakten die Frösche. Je lauter einer quaken konnte, desto geachteter war er. Nur einen, den lachten alle aus. Kein schönes Quak brachte er zustande, nur ein klägliches Quek. Dies hörte sich gar nicht nach Frosch an. Betrübt, weil er nur Außenseiter war, beschloß der Frosch auszuwandern.

Er schnürte sein Bündel, quekte noch einmal traurig und hüpfte davon. Wo kann er nur das Quaken lernen? Die Frösche im Schilf konnten es ihm nicht beibringen. Traurig schlich er davon.

Am Ende des Teiches stand eine alte Eiche. Dort wohnte eine weise Frau. Hilfesuchend wandte er sich an sie. »Quek, Quek«, waren seine Worte. Da wußte die weise Frau sofort, daß es sich um einen besonderen Frosch handelte. »Dein Quek klingt besonders schön«, lobte sie ihn. »Du brauchst nicht zu quaken wie die anderen. Dein Quek ist Kunst, davon verstehen die anderen Frösche nichts. Du mußt aber noch üben, bis Dein Quek vollendet klingt. Das will ich Dich gerne lehren.«

Die weise Frau lud ihn in die Eiche ein, dort durfte er bleiben. Er lernte ein Quek zu queken, wie es kein Frosch je konnte. »Merke Dir, Frosch, Du bist ein Künstler. Stehst Du auch im Abseits, eines Tages werden Dich die Frösche beneiden und nachahmen.«

Schließlich konnte die weise Frau ihm nichts mehr beibringen, und sie schickte ihn zurück zu den Gefährten. Als sie ihn sahen, hieß es nur: »Der Queker ist wieder da«! Doch ihn störte es nicht. Laut ließ er sein Quek erklingen. Es klang so seltsam, so reich, so schön. Anfangs bemerkten es die anderen nicht. Aber dann wunderten sie sich und tuschelten. Schließlich hörten ihm einige zu.

Die anderen aber sagten voller Neid: »Laßt doch den Spinner in Ruh'. Was will der unsere Tradition verändern!«

Eines Tages kam Humbert, der Nachbarfrosch, zu ihm. »Du bist ein Künstler. Ich möchte auch so schön queken können wie Du.« – »Gut«, sagte der Frosch, »ich lehre Dich zu queken, aber es ist eine Kunst, es genauso gut zu können wie ich.«

Aber Humbert ließ sich nicht verdrießen und übte, so daß auch sein Quek im Teich erklang. Es war wieder ganz anders als das von seinem Vorbild. Immer mehr Frösche wollten nun das Quek lernen.

Endlich quakte kein Frosch mehr im Teich, nur noch Quek, Quek drang ins Himmelsblaue.

Der Storch wollte sich mal wieder einen Leckerbissen im Teich holen. Doch kein Quaken der Frösche erreichte ihn, nur ein sonderliches Quek. Da der Storch nichts von Kunst verstand, dachte er, die Frösche seien verschwunden und flog zum nächsten Teich.

WERNER KLEINHARDT

Zwei Patrioten

Ein großmächtiger Patriot fragte
einen kleinmächtigen Patrioten:
– »Wie seht ihr uns eigentlich?«
– »Als neuzeitliche Dinosaurier!«
Der Großmächtige war geschmeichelt,
denn er sah sich in der Größe der Riesen.
Der Kleinmächtige aber dachte vor allem
an das winzige Hirn der Urtrampel.

****

Eines Tages, mit noch mehr
Spatzenhirn an der Macht,
könnten wir das Schicksal
der Dinosaurier erleiden.

KARIN KLOSTERMANN

Sauber sein

Ein sauberes Volk,
ja, das sind wir!
Mit Sprays und Deodorants
kennen wir uns aus!
Weggewaschen
die Gefühle!
Reingewaschen
das Gewissen
bis zur Wurzel allen Übels!
Doch viele kennen
nicht die Wurzel!
Das Beet darüber ist geharkt.
Fest gestärkt ist das
Gewissenshemd.
Böses Tun perlt ab.

Es geht uns gut!
Wir haben
die Bildzeitung,
Bier
und
chips!
Chips!

KARIN KLOSTERMANN

Glück

Ich bin verdächtig,
jetzt weiß ich es!
Ich wage es zu sagen,
daß ich glücklich bin!
Wie kann ich!
In einer Welt,
die Glück totschweigt,
Glück verleugnet.
In einer solchen Welt, sage ich,
daß ich richtig glücklich bin.
Alle wissen es:
Die spinnt!

HEINZ KÖRTNER

Auch dies ist ein
Tag, ihn zu leben,
An uns ist die
Pflicht,
Ihn zu wählen, erlassen, damit wir wie
Kinder einander den Unmut vergeben,
Nicht
Frei voneinander zu sein.

HEINZ KÖRTNER

Die anderen klug
Zu betrügen,
Um das
Zu erringen,
Was
Wir uns erhoffen, ist nicht genug. –
Uns muß vorher gelingen,
Uns selbst zu belügen.

HEINZ KÖRTNER

Ich
Weiß,
Daß wir oft zu gering von uns denken,
Denn viele meinen,
Mit Liebesgaben sich
Freizukaufen und kleinen
Geschenken...,
Und doch sind wir selbst der Preis.

HEINZ KÖRTNER

Manche meinen,
Sie
Könnten Bedingungen stellen, und scheinen
Wie
Händler Verträge zu schließen, um das
Zu erhalten, was
Vorrecht und Anmaßung heißt...,
Bis am Ende der Schleier der Täuschung zerreißt.

HEINZ KÖRTNER

Nähmen
Wir uns zu Richtern, uns selbst zu richten,
So kämen
Wir nicht
Vor Gericht,
Denn wir sind gewohnt, den Schein
Und das Sein
Zu vermengen und Unrecht und Recht zu schlichten.

HEINZ KÖRTNER

Wir reden,
Obwohl wir wenig verstehen,
Und bleiben beschäftigt mit
Dem,
Was war, denn es scheint uns bequem,
Jeden
Schritt
In Gedanken noch einmal zu gehen.

CHRISTOPH KUHN

Ist er's

Des frühlings blaues
band kaum erkennbar
wieder in den lüften
graue fahnen neueste
meldungen verschweigen
wohlbekannte süßliche
düfte die das land
ungeahnt giftig
streifen

kein traum: zum ersten
mal kommen die veilchen
nicht
tiefflieger jagen den
zwergtaucher von der
brut

frühling bist du da
dich kann ich nur
mühsam vernehmen

CHRISTOPH KUHN

Mein Globus

Von der Achse gezogen,
ein Loch an jedem Pol,
durchschaubar

Wie einen Ball
trug ich ihn bei mir,
lag mit ihm unterm Baum

Erkenntnisapfel.
Da lern ich die Namen
Sydney Mississippi Sahara

Die breitesten Flüsse um
Haaresbreite, mein Land
daumenbreit abgegriffen

Und keiner
stört meine Weltanschauung

CHRISTOPH KUHN

Veränderung

Das Telefon sieht anders
aus, das Radio, die
Elektrische

Mein Großvater wundert
sich. Kinder wie
die Zeit vergeht

sagt er, das Fotoalbum
seiner Eltern zur Hand
nehmend; das

hat er beim Angriff
gerettet in der
Bombennacht

Auch die Bomben sehen anders
aus, die Waffen sind keine
Waffen

die Kriege keine Kriege
mehr. Damals bei
Beriobaque

die Orden der Stolz
die Ahnungslosigkeit

KARIN LANGER

DIPLOMKULTURWISSENSCHAFTLER DIETMAR G.

Fünf Jahre nebeneinander im Hörsaal,
der sich uns auftat zum Universum.
Begierig traten wir ein in
glanzvolle Weiten,
in Welten, zu suchen uns selbst
und den Sinn unseres Seins.

Heute steht sein Name
an der dickgepolsterten Tür.
Im durchgesessenen Polsterstuhl
treff ich Herrn Dr. selbst,
den vielfach Dekorierten,
als Funktionär im tadellosen Maßanzug,

mir fällt schon schwer noch Du zu sagen,
vor dem ich stehe
mit meinen ausgewaschnen Jeans,
(Äußerlichkeiten sind uns nie wichtig gewesen!)
ein paar Gedichte in der Hand,
über die ich – wie früher –
mit ihm reden wollte:
»Mensch, Katarina, du wirst
wohl nie erwachsen.
Mit dreißig muß man angekommen
sein.
Mach was aus deinem Diplom!«

Eine bange Ahnung beschleicht mich:
Das könnte wirklich seine Stimme sein,
liedersingend habe ich sie noch immer im Ohr.
Nur, so sehr ich mich auch bemühte,
sein Gesicht hinter dem dicken Bauch
hab ich nicht mehr erkannt:

Es war eine weiße Fläche geworden.

KARIN LANGER

SCHEIDUNG

Blicke jonglieren
Worte balancieren
wundgekratzt aus verdorrter Kehle
Akrobaten der Angst
ohne Auffangnetz fallen sie
verletzt ins grelle Scheinwerferlicht
rollende Späße in klatschender Menge

– Seiltänzerin und Harlekin –

Lächelnd und leicht verbeugen sie sich

In der Ecke steht weinend
ihr zweites Gesicht.

EVA-MARIA LEONHARD

Abgesang

Ein Stückchen Zeit
von deiner Zeit
hast du an Weihnachten
– geschenkverpackt –
fürs neue Jahr versprochen.
Ein Stückchen Zeit,
das für dich kostenlos
brosamengleich
von deinem Tische fällt
und nach Minuten mißt,
wenn dich dein Weg
so oder so
an meiner Tür vorüberführt,
will ich nicht haben.
Für die geschenkte Zeit
denkst du,
soll ich dir
deine Füße küssen.
Steck diese Blume
dir zur eigenen Freude
an den Hut.
Dort blühe sie Narziß.
Ich werde keine Hymnen
für dich schreiben,
nur diesen kleinen Abgesang
klatsch ich dir hinterher.

EVA-MARIA LEONHARD

Wir sterben täglich

Wir sterben täglich
lautlos leise vor uns hin,
Lieblosigkeit läßt unser Leben
brüchig werden.
Warum nur trennen uns
von unseren Nächsten Welten,
daß selbst der fernste Stern
noch Nähe bedeutet?
Wo bist du,
daß ich dich erkennen könnte?
Die Wand aus Glas
wächst hoch und höher.
Die Worte,
die so leicht
von deinen Lippen sprangen,
sind tief verschüttet
und begraben.

Was kann ich tun,
wie dich aus Zwängen lösen,
die dich umstricken
ganz und gar?
Ich fühle alles Leben
aus dir fließen
und sehe hilflos
und ohnmächtig zu.
Ich möchte dir so gern
die Hände reichen,
doch du
verschließt dich
mehr und mehr
in eine Tiefe,
der ich nicht folgen kann.
Was quält dich so,
daß du nicht leben –
nur noch sterben kannst?

JOACHIM LINK

berlin

ich baue ein flugzeug aus papier
und lasse es über die mauer fliegen
die grenze mißachtend
schwebt es sanft zu boden
zwei uniformierte
marschieren im gleichschritt
auf den eindringling zu
ergreifen ihn
und beenden damit
die mittelschwere grenzverletzung

GABRIELE LINS

Unterschied

Noch nie bisher
sind ihr Dinge aus den Händen
gefallen.
Nie sind ihr Teller und Tassen,
ungebärdige Babies
oder noch warme Hefekuchen
aus den Fingern gerutscht,
geschweige denn,
daß sie ihr Geld,
die Beherrschung
oder die Maschen im Strumpf
zu verlieren sich traute.

Eins aber hat sie
seit langem verloren:

Sich selbst.

EDITH LINVERS

Schnee von gestern

Fröstelnd wandere ich rastlos umher.
Gedanken stampfen im Schnee
vergangener Zeit.
Zum Mörder wird sie mich machen,
diese Kälte,
sie hat uns entzweit.
Ich hauche ihr glühende Messer entgegen.
Schmilz, Schnee von gestern.
Stirb!

Wenn

ich meinen Gedanken
ein Bein stelle,
meiner Gewohnheit
den Arm verrenke,
wenn ich meiner Wut
den Hahn zudrehe,
meine Angst
mit Drogen vollstopfe,
wenn ich meinen Hunger
ins Gras beißen lasse
wenn –
dann werde ich
mein Herz zur Ader lassen,
meine Hoffnung strangulieren
und meine Liebe zwangseinweisen.

EDITH LINVERS

Theater

Du gehst mit mir ins Theater
Prestige, Imagepflege, Geltungsbedürfnis
Ein Lustspiel – nicht nach deinem
Geschmack

Was soll's
Du mußt schließlich gesehen werden
Pausen – ganz wichtig
Die neue Garderobe – teuer genug war sie
Lächeln, immer nur lächeln
Dein Auftritt – hier bist du wer

Und zu Hause
Führst du deine Stücke selber auf
Eigeninszenierungen
Meistens Tragödien
Fällst aus der Rolle
Spielst den Kritiker
Bist laufend auf Tournee

Vorstellung beendet
Vertrag gebrochen
Ich wähle die Freilichtbühne
Du kannst dir ein neues Publikum suchen
Bretter, die deine Welt bedeuten,
trägst du vor dem Kopf.

BETTINA MEIXNER

Erster Anfang

Am Anfang einer jeden Beziehung
muß man damit rechnen, nie damit
fertig zu werden!

BETTINA MEIXNER

Wenn ich sage,
ich zerbreche an Dir,
muß ich hohl sein!

SABINE MEYER

DENKEN und HANDELN

Den Instinkt,
nach dem Tiere
sich verhalten,
hat uns
der Verstand
ersetzt.
Die Worte,
mit denen wir uns
auszudrücken glauben,
werden immer
unvollkommen
bleiben.
Wo
denken wir hin?

Was
haben wir uns
eingehandelt?
Der Mensch,
das erste Säugetier
mit seiner Fähigkeit
zu denken
und zu handeln –
zivilisiert,
am Herzen
einen Fortschrittmacher,
und im Strom
seiner Zeit
schwimmt er eilig
seiner Seele
davon.

MARION MARCUS

Vielleicht
habe ich mir
Dich
einmal gewünscht,
als eine Sternschnuppe
vom Himmel fiel.

Vielleicht
bist Du
der Prinz
aus 1001 Nacht,
der mich erlöst.

Sicher ist:
Du brauchst mir
keine Sterne
vom Himmel zu holen,
um mich glücklich zu sehen.

Sicher ist auch:
Ich möchte mehr
als 1001 Nacht
mit Dir!

IRENE MITTER

Da
seid Ihr
und fordert und wollt
und
bürdet.

Ihr wünscht und möchtet
und
zerrt
an mir.

Da
seid Ihr
und fragt nicht
ob
ich noch kann –
ob
ihr nicht längst
alles zerrissen habt?

IRENE MITTER

Kann
man
öfter
im
Leben
lieben
als
einmal?

Kann
man
im
Leben
gleichzeitig
lieben?

Ich
liebe
immer.

Immer
sehr.

Immer
anders.

BERTRAM MÜNKER

Dein Gesicht
Deine Augen
kann ich
nicht sehen
Deine Haut
Deine Haare
nicht riechen
Deinen Mund
Deine Hände
nicht spüren

nur

Deine Stimme
hören
so nah am Ohr

Gedankenverloren
streichle ich
das Telefon

BERTRAM MÜNKER

Mensch Vater
was machst Du
denn da?
fragte ich erschrocken
als ich in
den Spiegel sah

BERTRAM MÜNKER

Heutzutage werden

Bekanntschaften gesucht
Kontakte geknüpft
Frauen aufgerissen
Männer angemacht
Gefühle investiert
Partnerschaften aufgebaut
Beziehungen unterhalten
Verhältnisse eingegangen
Ehen geschlossen
und
Scheidungen ausgesprochen

Und die Sehnsucht
nach Liebe
bleibt

MARTINA NISSALK

Laßt mich...!

Laßt mich Gedankengut sammeln, an dem sich
mein jugendliches Feuer entzünden darf.
Nur daraus kann die Glut für ein erfülltes
Leben hervorgehen!

MARTINA NISSALK

Sehnsucht II

Ein Schiff, das Sehnsucht heißt,
liegt in meinem Herzen vor Anker.
»Kapitän, lichte den Anker!
Wir wollen durch das Menschenmeer fahren und
nach einer guten Mannschaft Ausschau halten!«

GERTJE POTASH-SUHR

Spaziergänge

Dann wieder Grete-Guck-In-Die-Luft
nur Bläue in den braunen
Augen Forsythien aus den tauben Ohren
dem Gequassel
neuer Kleider neuer Taschen neuer
sonstwas weißt du der
soundso ist nun auch schon tot
Platitüden über die
Vergänglichkeit ins Kopftuch
gewebt immer was bereit
um die Mäuler zu stopfen
während ich Luftsprünge
summe und über Gedankenseen
reite.

SABINE PUSCH

UNTERNEHMEN LIEBE

Du versuchtest unsere Liebe zu planen,
Verhaltensmuster zu programmieren,
Du erstelltest eine Beieinander-Getrenntseinkurve,
die nicht proportional zur Kennenszeit verlaufen
durfte,
und erklärtest mir,
den Unterschied zwischen
angebots- und nachfrageorientierten Streichelein-
heiten,
subventioniert von Deinem Charme versuchtest
Du,
größtmöglichen Gewinn zu erzielen,
und ich
war verwundert,
daß Du unsere Gefühlsausgaben
nicht auch noch von der Steuer absetzen wolltest.
Doch Deine Spekulation war falsch.
Du hast nur die Konstanten bedacht
und alle Variablen vergessen.
Und ich
investiere nicht in ein Unternehmen,
das längst gescheitert ist.

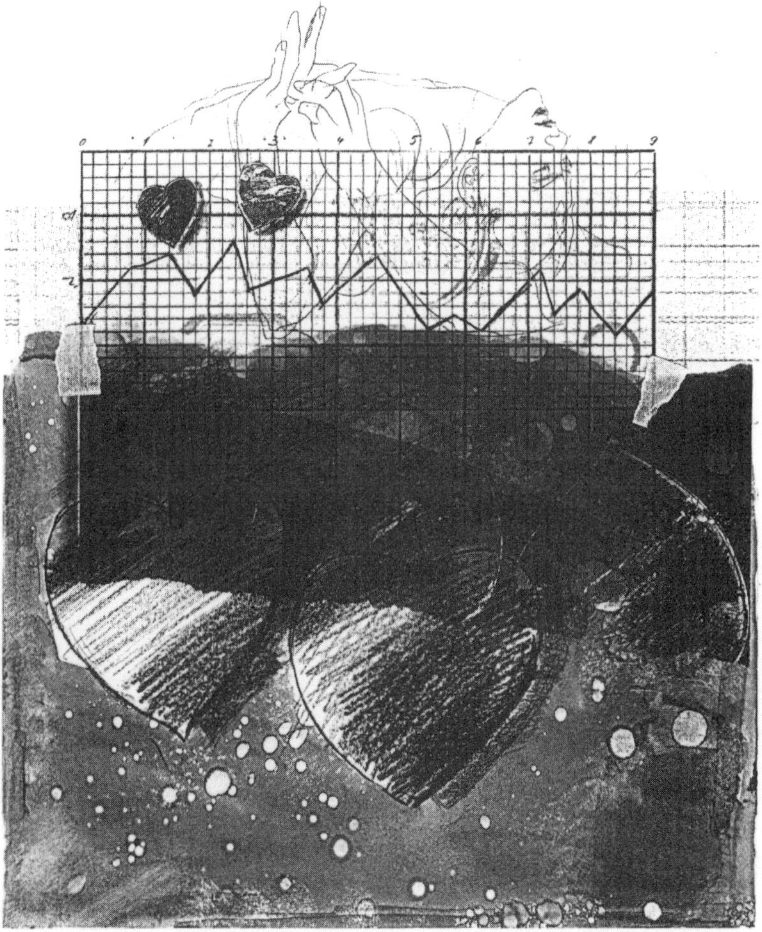

SANDRA RANK

AUS!

Jetzt möchte ich am liebsten
meine Koffer packen und mich einfach
in den nächstbesten Zug setzen
Ziel: UNBEKANNT.
Nur fliehen vor der Realität, alles was
mit Dir zu tun hatte, jeden Kilometer
mehr, vergessen.
Irgendwann dann: ENDSTATION –
ALLES AUSSTEIGEN.
Doch beim Aussteigen würden meine
Koffer bestimmt
aufgehen, und die ganzen Erinnerungen
an Dich
vor mir auf den Bahnsteig purzeln.

MARTA RIETZ

Der erste Versuch

Ich schrieb eine Kurzgeschichte mit Eifer und viel Spaß an der Freud. Kommentar der Jury: Der Schluß ganz nett, die Idee nicht neu, der Rest viel zu lang. Kürzen! Kürzen! Straffen! Meine Dame. Ich bekam auch gute Ratschläge: Die Geschichte hat zu viel wörtliche Rede. Erzählen Sie mehr, spannend, versteht sich. Ein Gast, Kritiker seines Zeichens: Die wörtliche Rede macht die Sache recht lebendig, aber erzählen Sie nicht so viel. Das stoppt den Fluß des Geschehens und alle Füllwörter raus, selbst Goethe mußte sich davon trennen, glauben Sie mir.

Durchaus gläubig und willig dazu machte ich mich an die Arbeit. Das mit der alten, neuen Idee nahm ich nicht so tragisch. Amphitryon wurde 40mal (in Worten: vierzigmal) bemüht, was Kästner nicht davon abhielt, seinen Zauberlehrling zu rufen. Mit den Füllwörtern ging ich hart um. Das war einleuchtend. Wer klar denkt, schreibt klar, der braucht kein wenn und aber, doch und noch. Von der wörtlichen Rede ließ ich gerade so viel stehen, um erkennen zu lassen, daß sich Menschen unterhielten, keine kleinen grünen Männchen oder dergleichen. Mißverständnisse durften nicht aufkommen. Jede Verbindung dagegen wurde erbarmungslos gestrichen, kein fragte, sagte, erwiderte, weder erstaunt, befriedigt noch verwirrt. Ich als Autor wußte es, und der Leser konnte sich's denken. Nur nicht verwöhnen. Ein bißchen Phantasie anregen, das war besser. Was stand da zu lesen! Eine Beschreibung schöner

Mädchenaugen. In einer Zeit mit Wimperntusche und Lidschatten?! Anachronismus war das. Weg damit.

Einmal einsichtig geworden, bekam ich vor Eifer rote Ohren. Unglaublich, was an der Geschichte alles überflüssig war. Befriedigt betrachtete ich das Resultat. Es war gelungen! Da stand deutlich, in einsamer Höhe, kurz und unversehrt – der Titel. Und der Rest? Striche, wahrhaftig nichts als Striche. Eine graphische Meisterleistung! Angetan von so viel zeichnerischem Talent, wechselte ich die Kunstrichtung – zum Glück für mich und meine Leser.

CLAUDIA RUDHARDT

freiheit für dich

deine flügel möchte ich
wachsen lassen
weil ich weiß
du fliegst wieder zu mir
zurück
keine schweren flügel
leicht sollen sie sein
damit du hoch hinauskommst
es tut weh
dich so frei fliegen zu sehen
ich habe angst
vor dem absturz
vor dem fall
dem tod
dann mache ich schnell die augen zu
halte mein herz ganz fest
winke dir nach
und gehe ins haus zurück

HANS-MARTIN SÄNGER

Das Maß aller Dinge

Wer größer ist als ich,
    ist ein Riese.
Wer kleiner als ich ist,
    ist ein Zwerg.

Die schneller als ich gehen,
    hetzen.
Die langsamer laufen,
    vertrödeln die Zeit.
Die lauter reden als ich,
    sind Schwätzer.
Die mir zuhören,
    haben nichts zu sagen.

Älter als ich: alt.
Jünger als ich: unreif.
Fröhlicher? albern.
Ernster? trübselig.
Weiter oben: nicht glücklich.
Weiter unten: selber schuld.

Ein Pedant,
    wer genauer ist als ich.
Ein Chaot,
    wer ungenauer.

Zuletzt
    die genauso sind wie ich.
Schlechte Kopien.

MICHAELA SEUL

eingegerbte liebe

was wird sein...
wenn wir unsere zähne
vor dem schlafengehen
in wassergläser legen

...wenn sich unsere lippen
blaß und schmal
zum kuß spitzen
in spröder zärtlichkeit
unsere körper
formlos und faltig
keine begierde mehr wecken

und...
beim aufwachen uns nur noch
gicht und atemnot
erregen

...was wird sein...
ich seh uns gehen
auf stöcke gestützt
mit blitzenden brillengläsern
im herbstlichen licht
und spür' in jeder falte
eingegerbte Liebe

MICHAELA SEUL

progressive fluktuationspotenz
kognitive interaktionsantizipation
ambivalente modifikationsanalyse
ICH
didaktische effektivitätsprofilierung
funktionelle interpretationsflexibilität
systematische drittgenerationskontingenz
definitorische analogdetermination
BIN
konzertierte rationalisierungssymbiose
konzentrierte fluktuationskonzeption
heuristische appetenzvalidität
operationalisierte klassifikationsaversion
ALLEIN

FRANNA SCHMITZ

Mich erschrecken
Menschen
die
obwohl sie Augen und Ohren haben
nichts hören
und
nichts sehen
aber
überall mitreden

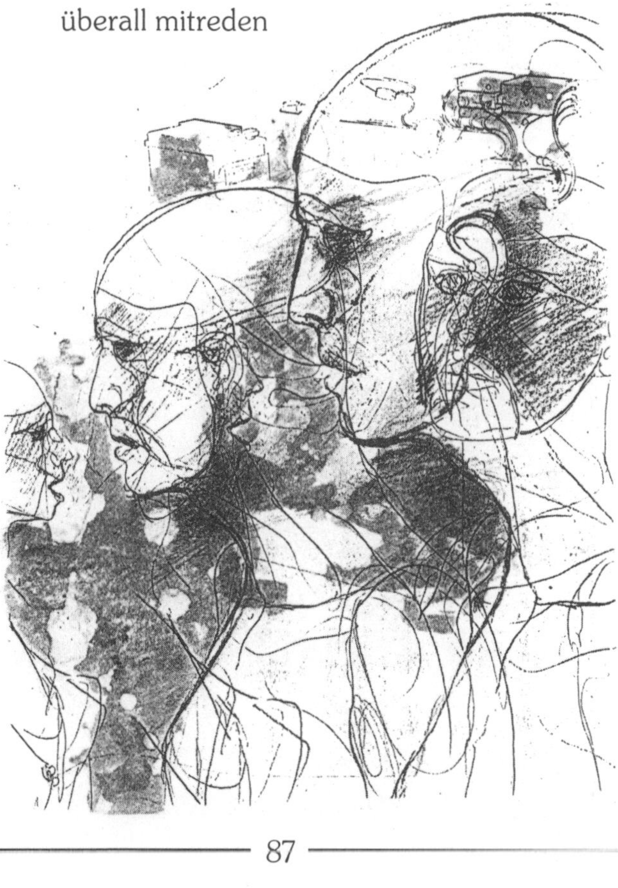

FRANNA SCHMITZ

Du bist in mein Herz
geflogen

hast dich ausgeruht
deinen Hunger gestillt
und dich geputzt

Heute bist du
ausgeflogen

Es war schön
Dich
in meinem Herzen
zu tragen

REINHARD SCHRIMPF

Einzelhaft

Ich sitze in meiner Zelle,
Die Besuchszeit ist vorbei.
Wieder keiner gekommen,
Alle keine Zeit.
Was habe ich verbrochen?

Diätenempfänger gestillt,
Menschenwürde gelehrt,
Kriege gelitten.
Im Wartezimmer des Todes
Illustrierte Vergangenheit.
Erikas Erstkommunion,
Pauls Verlobung,
Der neue Wagen.
Ich könnt' euch von euch berichten
Im Imperfekt und im Futur.
Mein Heute ist euer Morgen,
Denn morgen schon seid IHR –
ALT

KARL-HEINZ STOLL

Ein Tag für Afrika

Beim Abendessen schalt' ich den Fernseher an,
der Hunger in Afrika ist mal wieder dran,
ausgemergelte Gestalten, die schrecklich anzusehen sind,
da zück' ich doch meinen Scheck geschwind,
mit fünf Mark lös' ich meine Gedanken auf,
und leg' noch ne' Scheibe Lachs extra drauf!

KARSTEN P. STURM

ATELIER

Die Espressomaschine blubbert einsam
auf dem Herd
hinterläßt mannigfaltige Flecken
alles nistet sichtbar
Krümel von Tabak und Zucker
Wachsreste
und Staub
aus fast unsichtbarem Schaffen
die Dramen weit weg
in diesen Wänden
nur Sammlungen seltsamer Gebilde
des Schöpfers
von eigenen Gnaden
die sich unerbittlich
vermehren
häufen und türmen
Wortblasen Träume Form
Schleiflack und Span
Reim und Patina
Firnis und Rahm
schwer der Strich
der alles durchstreicht
unauffindbar
der Besen
der die Fläche leert

GUNDULA THORS

KULTUR AKTUELL

Arm ab
ZACK
Bein ab
HACK
Augen auf
Zombi
Därme raus
Messer rein
ist das nicht videofein
Kinderlein
PRESSENOTIZ
Shakespeare
Inszenierung
für die Jugend
gesperrt:
ZU VIEL BLUT

GUNDULA THORS

LANDREGEN

Dem Dunst der Stadt
entflohen
ballen die Wolken
sich zur Faust
täuschendweiß

im weiten Blau
über den Weizenfeldern
zum Angriff bereit
das Korn wiegt sich schräg
zieht die Ähren ein
und wispert Gefahr.

GUNDULA THORS

SELBSTMORDVERSUCH

Als die Nachricht kam
sagte sie
für eine Beerdigung ist kein Geld da
ihrem Mann
sagte sie nichts
schleppte alle leeren Flaschen
zum Supermarkt
es reichte für ein Perlonnachthemd
pflegeleicht
ich gehe nochmal weg
sagte sie
zu ihrem Mann
wohin
sagte sie nicht
im Krankenhaus
warf sie das Nachthemd
der Tochter aufs Bett
Du bist wohl nicht mehr zu retten
sagte sie
wenn Dein Vater das hört
schlägt er Dich tot
das mit der Beerdigung
sagte sie nicht

GUNDULA THORS

Zum Abitur Porsche

Kommt obercool daher
Haare und Blick
auf Macho gestylt.

Klamotten
lässig
nur vom Feinsten
ist doch klar.

Mit Gefühlen
hält er's mehr so
ex und hopp
alles andere
nervt doch
oder?

Bekennt sich
strategisch geschickt

ganz offen
zu
seinen kleineren Fehlern
'n bißchen Ehrlichkeit
kommt immer gut an
was?

Sieht das alles positiv
hat sogar schon
die Zukunft fest im Griff
diese linken Miesmacher
öden ihn an
die wissen eben nicht
wo's lang geht.

Was ihn nicht umbringt
macht ihn stark
ER schafft das schon
Steht ganz fest mit beiden Beinen
auf dem Konto seines Vaters.

BURKHARD TOMM

VERZICHTE

Neben dem akuten
greift leider auch
der chronische
Denkverzicht
immer weiter um sich.

Bei wem
lassen SIE denken?

B. TOMM

Perspektive

Gestern
sah' ein Vogel in mein Fenster.
Doch wie wand' er sich dann ab!

Es war
als wolle er
– nur für einen kurzen Augenblick –
ins goldene Gefängnis schaun'.

B. TOMM

Tatsachen

Ich habe mich
vollkommen unter Kontrolle,
und alles geht
seinen geregelten Gang.

Warum also
sollte das in Zukunft
anders werden?

– dachte die Zeitbombe.

MEIKE WAGNER

Erfahrungen eines Tages

Heut' morgen in der Straßenbahn
musterten mich strenge Blicke,
weil ich es gewagt habe,
laut zu lachen.
Als ich dann auf dem Bürgersteig
aus Freude ein paar Takte tanzte,
setzten Passanten ihr
»Wo-kommen-wir-denn-dahin«-Gesicht
auf
und tippten sich an die Stirn.
Abends
während des Feierabendtrubels
pfiff ich beim Einkaufen
fröhlich vor mich hin,
worauf ich mißbilligende Blicke
und mürrisches Geknurre
erntete...
Nach diesem Tag hab' ich
das Gefühl –
manche Leute
wissen gar nicht,
daß sie leben!!!
Was Leben sein kann.

CHRISTIANE WEBER

Alltäglichkeiten

Die Straßenkehrer den
Schmutz der Nacht
forttragen
in den Schaufenstern
grelles Reklamelicht
sich spiegelt
der Schlag der Kirchturmuhr
die Stille der Nacht übertönt
leise ein Mann in Müllkörben
nach Essensresten
sucht
im Morgengrauen auf
der Straße
erfroren.

BEATE WEDELEIT

an dich

paß auf
komm zurück
das ist gefährlich

wir standen beide an der steilküste nahe am rand
den ich mit dem fuß vorsichtig abtastete

ich sah hinaus aufs wasser
weißgekrönte wellen unter sturmgrauem himmel
dann in deine augen
in denen deine mir so wohlvertraute besorgnis zu
lesen war
plötzlich stand mein entschluß fest
ein letztes mal nahm ich dein gesicht zärtlich
in beide hände
nahm anlauf
und sprang
und siehe da ich hatte flügel

KLAUS-PETER WOLF

DU

täglich ringe ich mit Dir
buhle um Dich
benutze Dich
beute Dich aus
und lebe von Dir
bürste Dich gegen den Strich
Dich
Du Jedermannshure.

Wenn mich der Geruch
Deiner anderen Freier stört
schruppe ich Dich ab –
trotzdem stinkt es
aus all Deinen Poren.

Deine geldgierigen Zuhälter behaupten
Du seist einfach nur schön
ästhetisch
aber unter Deiner dicken Kunstschminke
klaffen Wunden
die ich nur erahne.

So oft wurdest Du mißbraucht
und gehst doch immer noch mit jedem.
Meine geliebte Hure:
Sprache, Du Schöne.

KLAUS-PETER WOLF

TRAUM

Einmal nur möchte ich aufwachen
und mit den sauberen, glatten, fröhlichen
Menschen aus dem Werbefernsehen
an einem sonnenüberfluteten
Frühstückstisch sitzen
und für einen Tag glauben,
alle Probleme könnten mit einem einzigen
Buch gelöst werden:
dem Versandhauskatalog.

PETER WÜRL

Ausbruch

Wenn die Nacht bereits geschlossen hat
die Träume verbucht sind
und hinter dem Vorspann des Morgenrots
der Tag auf verlorenem Posten steht
eingeklemmt
Appartement Tür 5 im ersten Stock –
zwischen Sicherheit Bausparvertrag und Rabatt-
marken
Lebensweg
geradeaus kurvenfrei
Mittelstreifen nicht aus den Augen verlieren
Endsiege eine Treppe höher
Niederlagen finden wie üblich
eine Etage tiefer im Parterre statt
verlaufen sich die Gedanken
zu dem Koffer

Komplice
der im Abstellraum
zum Aufbruch
bereitsteht

PETER WÜRL

Odyssee

Noch treibst du dahin
unter einem profillosen Himmel
auf deiner Irrfahrt durch den Vormittag
fischst im Supermarkt
mit dem Einkaufsnetz Träume
und versuchst
während man Kindern bereits die Puppen zerbricht
deine Mitwisserschaft nicht zur Sprache zu bringen
später brandet der Abend
breitwandig in Color gegen den Wohnzimmertisch
und du lebst noch auf freiem Fuße
aber wie immer ohne Gewähr
weißt du was sie im Schilde führen
blutunterlaufen ist ihr Friede
die letzte Instanz vor dem Krieg
der Weltuntergang ist längst geregelt
das Leben längst überstimmt
haltlos treten wir auf der Stelle

INGRID WÜRTENBERGER

Orwell-Jahr permanent

Lebensschrei der Erde,
Sturm und Wasserschauer,
danach die Wiege rasengrün.
Das Schaf lammt, Kühe kalben,
die Stute fohlt,
blindgeborene Kätzchen
verbirgt das Muttertier
im Werg.
Einfachste Wiederkehr des Daseins,
der Prophezeiung höhnend.

Und dann ziehen Fischleiber
weißgedunsene Totenklage
durch vergiftete Gewässer.
Wälder sterben,
unbekannte Epidemien
breiten sich aus, Pest in der Luft,
im Essen, im Schlaf und in der Liebe.

So weit haben wir's gebracht!

Die Datenerfassung erkundet uns
intensiver und endgültiger als
Psychoanalyse, und es wächst die
Angst vor der bekannten Bombe.

Der Tod als Zeitraffer,
der Tod als Menschenraffer
erobert die verseuchte Erde.

Einige abgelegene Inseln,
so ist zu hören,
blieben verschont.

Ob wir uns wiedersehen dort?
Es widerspräche allen Berechnungen,
aber, wäre es denn so wichtig?

UDO ZIELKE

EIN STÜCK LEBEN

Es geht, nach alledem,
noch immer:
Ein Gedicht zu schreiben
über das Abendrot.

Gelesen zu werden
ist es kaum wert,
nur dem Autor bringt es
ein Stück Leben.

GUSSY ZILLICH

Das Unerreichbare

Laßt mir Sehnsucht
nach dem Unerreichbarem,
damit ich wenigstens versuche,
hinaufzuwachsen,
denn ohne Sehnsucht
kann ich
selbst das Erreichbare
nicht erreichen.

Ohne Sehnsucht im Herzen
würde ich zu den Menschen gehören,
die meinen,
es genüge zu wissen,
daß 1+1 zwei ist.

MANFRED PRAGER

Und irgendwann
gibt es kein Wort mehr,
keinen Satz,
mit dem man (ent)fliehen kann,
kein Zitat, kein Gedicht.
Da gilt es zu tun, was Worte verrichten in uns.

Über die Autoren

Thomas ADAM, geb. 1967, lebt in Karlsruhe. Nach dem Abitur Erfahrungen als Zivildienstler und Tellerwäscher.
»Literatur kann eine blankgezogene Waffe sein; oder sie schläfert ein, stellt ruhig. Beides liegt in ihrer Macht. Ich liebe Gedichte, die etwas auslösen, die in Leben hineingreifen, die mich anspringen, bis ich ausrufe 'Ja, so ist das!'.«

Wolfgang BARTZ, geb. 1951 in Berlin. Krankenpfleger, lebt in Fichtenberg.

Helmut BLEPP, geb. 1959, Student der Politik, Pädagogik und Germanistik. Lebt in Lampertheim.

Iris-Ira BÖTTCHER, geb. 1969. Schülerin, lebt in Essen.

Verona BRATESCH, geb. 1922. Autorin, lebt in Brasov/Rumänien. Zahlreiche Veröffentlichungen.
»Ich lebe vollkommen zurückgezogen, arbeite viel, literarisch und für die Familie.«

Jutta BRECKHEIMER, geb. 1961. Stenokontoristin, lebt in Flörsheim.
»Den Sinn und Zweck meiner Gedichte sehe ich darin, anderen Menschen Denkanstöße zu geben und oftmals in unsere doch zu kalt gewordene Welt ein wenig mehr Gefühl zu bringen.«

Clauséric BREUÉL, geb. 1923, lebt in Reutlingen. Zahlreiche Veröffentlichungen von Prosa und Lyrik. Freiberuflich Maler, Grafiker und Literat.

Sigrid BURGER, geb. 1940 in Pforzheim, lebt in Kempten. 1983 Veröffentlichung von WAS MICH BEWEGT.
Aus: »...und wenn sie schreiben – Frauenlesebuch«. Hrsg. von Aleke Thuja (LIBRICON Nr.70), Verlag Bert Schlender 1984.

Ingo CESARO, geb. 1941. Praktischer Betriebswirt, lebt in Kronach. Literarische Veröffentlichungen seit 1962.
»Ich schreibe aus einer ohnmächtigen Wut heraus, in dieser Zeit wenig mit Poesie bewirken zu können. Für mich ist es trotzdem notwendig zum Überleben, denn nicht schreiben können, wäre undenkbar.«

Manfred CHOBOT, geb. 1947, lebt in Wien. Studium der Kulturtechnik. Heute freier Schriftsteller, zahlreiche Veröffentlichungen.

Peter CORYLLIS, geb. 1909, lebt in Walchum/Emsland. Schreibt seit frühester Jugend, zahlreiche Eigenveröffentlichungen und Teilnahmen in Anthologien. Er ist Begründer des »Kreis der Freunde«, einer internationalen Autoren- und Lesergemeinschaft.

Bruno DONUS, geb. 1921 in Fellbach. Lebt als freier Schriftsteller in Bayreuth, diverse Veröffentlichungen. Mitglied im VS und im Werkkreis Literatur der Arbeitswelt der Gruppe 80, Bayreuth.
»Erlebtes, Erfahrenes, Erschautes aufnehmen, verarbeiten und wieder nach außen abgeben. Entäußerung von Gefühlen und Gedanken.

Umwandlung von Wirklichkeiten und Träumen in Worte. Das ist Schreiben für mich.«

Christine EDER, geb. 1961. Bürokauffrau und Fachkosmetikerin, lebt bei Bamberg.
»Seit meinem zehnten Lebensjahr schreibe ich Gedichte und Geschichten... und beschäftige mich schon 27 Jahre lang mit dem Schwersten, was es auf der Welt gibt – dem Leben.«

Heiner FELDHOFF, geb. 1945, lebt in Lautzert.
»Die dichterische Sprache, auch wenn sie zwischen verstaubten Buchdeckeln zu schlafen scheint, sie lebt und gibt Wärme ab.«

Reinhard FÖRSTERLING, geb. 1948 in Halberstadt/DDR, lebt in Wolfenbüttel. Nach zehnjähriger Tätigkeit auf dem Bau, in einer Maschinenfabrik und bei der Bundesbahn Lehramtsstudium mit Abschluß.
»Schreiben macht mir Spaß, ist mein Mittel, mich auszudrücken, und ich meine, daß ich was zu sagen bzw. zu schreiben habe. Darum diese mal haupt-, mal nebenberufliche Tätigkeit, die Frust bringt, aber auch Erfolgserlebnisse.«

Werner GAEDE, geb. 1906. Journalist und Chefredakteur i. R., lebt in Freiburg.

Anja GESSNER, geb. 1969. Lebt in Wernfeld.

Peter GÖHRING, geb. 1961. Freiberuflicher Aufnahmeleiter und Autor von Industrie- und Wirtschaftsfilm-Drehbüchern. Lebt in Schneverdingen.
»Im Schreiben von Gedichten sehe ich die Möglichkeit, meinem ständigen Konflikt zwischen Bewußtsein und Unterbewußtsein zu begegnen und in kurzer Form das zu schreiben, wozu ich im Gespräch viele Worte brauchte – ohne daß mich jemand versteht.«

Carola GORSCHBOTH, geb. 1972, lebt in Edertal. Zur Zeit auf dem Gymnasium.

Thomas GRIESBACHER, geb. 1962. Mechaniker, lebt in Heilbronn.
»Daß die Gründe, aus denen ich schreibe, in meinen Gedichten erkennbar werden, bleibt meine Hoffnung.«

Stefanie GRUNDLER, geb. 1969, lebt in Nürnberg.
»Ich mußte irgendwie aufschreiben, es drängte mich. Ich stand auch nachts auf, um aufzuschreiben, was mir durch den Kopf ging.«

Wolfgang GÜNTHER, geb. 1953. Friseurmeister, lebt in Bühl-Altschweier.

Silvia GUHR-HILDENBRAND, lebt in Bayreuth.
»...ist alles Geschriebene nur Blitzlicht, nur Momentaufnahme und kann nur für den Augenblick zutreffen. Doch obwohl ich weiß, daß der Wandel das einzig Beständige ist, würde ich am liebsten an jedem Satz so lange herumhauen, bis er wie aus Stein gemeißelt dasteht – als sein eigenes Denkmal. So läuft eben nichts ohne Widersprüche: im Schreiben, im Denken, im Leben...«

Giesela HANNES

ERNST HEGER, geb. 1954. Angestellter bei der LVA, lebt in Neckarsulm. Das Schwergewicht seiner schriftstellerischen Arbeit liegt seit einigen Jahren auf Kindergeschichten.

Cornelia KIEBGIES-GANGLOFF, geb. 1955. Regierungsangestellte, z. Zt. Hausfrau.
»Schreiben ist eine 'Hängematte' für meine Gedanken.«

Werner KLEINHARDT, lebt in Hanover/USA und unterrichtet dort an einem College. Schreibt Gedichte und Fabeln.

Karin KLOSTERMANN, geb. 1933, lebt in Papenburg. Mutter von sieben eigenen und vier Pflegekindern.
»Ich habe eine Werkstatt für Marionettenbau, male in Aquarell und Seide, mache Schmuck und schreibe, schreibe, schreibe.«

Heinz KÖRTNER, geb. 1921. Studiendirektor i. R., lebt in Siegen.

Christoph KUHN, geb. 1951. Augenoptiker, lebt in Halle/DDR.
»Schreiben: vielleicht der Versuch, etwas festzuhalten, mit etwas fertig zu werden, sich über manches Klarheit zu verschaffen... Schreiben, weil es mir Spaß macht, weil ich fühle, daß ich lebe, wenn ich mich äußere.«

Karin LANGER, geb. 1943. Nach der Ausbildung als wissenschaftliche Assistentin in Deutscher Literatur seit 1984 freischaffend als Autorin. Sie ist Honorarlehrerin für die Deutschausbildung von Ausländern und gibt Seminare für Ingenieurhochschulen im Fach Kulturtheorie und Ästhetik. Lebt in Greifswald/DDR.

Eva Maria LEONHARD, geb. in Heidelberg, lebt in Ettlingen. Schreibt Lyrik, Kurzprosa und Aphorismen. Veröffentlichungen bei diversen Verlagen und in Anthologien.
Aus: »Sprich von heute, schweig von morgen – Frauen schreiben gem-einsame Gedichte«. Hrsg. von Timur Schlender und Jana Warnke (LIBRICON Nr. 62), Verlag Bert Schlender 1986.

Joachim LINK, geb. 1961, lebt in Stuttgart. In den letzten Jahren diverse Berufe.
»Meine Gedichte sind Versuche, emotionale und rationale Fragmente in Worte zu transferieren.«

Gabriele LINS, geb. 1937, Hausfrau und Schriftstellerin. Mitglied im VS, diverse Veröffentlichungen. Lebt in Dormagen.

Edith LINVERS, geb. 1941, lebt in Recklinghausen. Verwaltungsangestellte und schriftstellerisch sehr aktiv.

Marion MARCUS, geb. 1961. Bankkauffrau, lebt in Solingen.

Bettina MEIXNER, geb. 1966. Studium der Sozialpädagogik, lebt in Erlangen.
»In meinen Gedanken steckt ein Teil von mir, meine Gedanken. Gedichte sind wie Vertraute.«

Sabine MEYER, geb. 1966, lebt in Heusweiler/Saar. Arbeitet derzeit als Druckvorlagenherstellerin.

Irene MITTER, 36 Jahre, lebt in Steyr/Österreich.

Bertram MÜNKER, geb. 1956, lebt in Freudenberg. Bereits diverse Veröffentlichungen von Büchern.
»Die Motive, aus denen ich schreibe, wandeln sich ständig. Viele Antworten wären deshalb möglich – aber welche wäre die richtige?«

Martina NISSALK, geb. 1963, lebt in Herne. Ausbildung Gärtner/Landespflege.
»Das Schreiben und die damit verbundene Schau nach innen sind mir zu wichtigen Wegbegleitern geworden.«

Gertje POTASH-SUHR, geb. 1943, lebt in Hamburg und Chicago. Bereits Veröffentlichungen in Zeitschriften und Anthologien.
»Schreiben ist meine Überlebenshilfe wie Essen, Trinken, Reisen, Lesen, Lieben, Kranksein, Reden, Schweigen, Schlafen.«

Manfred PRAGER, geb. 1957, lebt in Bochum. Bisher wenige Veröffentlichungen.

Sabine PUSCH, geb. 1966, lebt in Haan. Derzeit beschäftigt mit dem Studium von Industrial-Design.
»Das Schreiben hilft mir, Sachen, die mich bewegen, zu einem Abschluß zu bringen, aber sie trotzdem nicht zu vergessen.«

Sandra RANK, geb. 1971. Schülerin, lebt in Memmingen.
»Ich kann beim Schreiben meinen inneren Druck hinauslassen.«

Marta RIETZ, geb. 1934 in Rumänien. Hausfrau, lebt in Salzgitter.
»Ich erzähle gern Geschichten; nur wollte und will sie niemand hören. Papier dagegen läßt sich beschreiben, geduldig und widerspruchslos. Eine geeignete Schublade fand ich auch. Angespornt durch Gleichgesinnte öffnete ich sie zaghaft. Ich habe jetzt auch eine zweite Schublade für die Rücksendungen reserviert. Vereinzelt jedoch kann ich nun meine Geschichten gedruckt auf Zeitungspapier als Kartoffelschalen-Unterlage verwenden.«

Claudia RUDHARDT, geb. 1966, lebt in Frankfurt. Arbeitet als Sekretärin.
»Gedichte sind der Spiegel meines Lebens...«

Hans-Martin SÄNGER, geb. 1955, lebt in Bremen. Ausgebildet als Lehrer für Deutsch und Englisch, z.Zt. arbeitslos.
»Ich sehe Dichten als einen Versuch, der Wirklichkeit das Lügen abzugewöhnen...«

Michaela SEUL, geb. 1962, lebt in München und arbeitet in einer Werbeagentur. Diverse Veröffentlichungen in Zeitungen, Zeitschriften, Anthologien.
»Schreiben bedeutet mir, durch und durch mit einem dritten Auge zu sehen.«

Franna SCHMITZ, geb. 1953, lebt in Linz am Rhein. Arbeitet als Klempner.
Ein Freund über Franna Schmitz: »...ein Kind gebliebener uralter Mann mit einer Frauenseele im Leib.«

Reinhard SCHRIMPF
»Ich wurde 1890 in Berlin geboren, ging dann auf die Wanderschaft,

bis ich in Offenbach während der zwanziger Jahre, die gar nicht so 'golden' waren, eine Arbeit als Pförtner beim Finanzamt fand. Vorher wurde ich im ersten Weltkrieg so schwer verletzt, daß ich schwerhörig nur mit Hörgerät hören kann. Nach dem zweiten Weltkrieg eröffnete ich ein Wasserhäuschen, was gut lief. Heute bin ich in einem Altenheim und die Stationsschwester schreibt diesen Brief für mich. Habe vier Enkel.«

Karl-Heinz STOLL, geb. 1954. Rektor, lebt in Weilburg an der Lahn. »Schreiben ist für mich ein innerer Anlaß. Ich schreibe auf, was mir am Herzen liegt.«

Margret STOYE, geb. 1927, lebt in Obernkirchen.

Karsten P. STURM, geb. 1953, lebt nach vielen Stationen im In- und Ausland in Hannover.
»Schreiben ist für mich der Hauptstrom künstlerischer Aktivität. Ich betrachte es als Urform der Arbeit – es vereinigt Handwerk mit Gedankenspiel.«

Gundula THORS, geb. 1948, lebt in Bremen. Schreibt freiberuflich für diverse Tageszeitungen.

Burkhard TOMM, geb. 1957. Erzieher, lebt in Marl.

Meike WAGNER, geb. 1970, lebt in Glückstadt. Besucht das Gymnasium auf dem Motorrad.
»Alle meine Texte sind ein Stück von mir.«

Christiane WEBER, geb. 1961. Sozialarbeiterin, lebt in Dortmund.

Beate WEDELEIT, geb. 1960. Lehramtstudium, arbeitet als Referendarin in Kiel.
Aus: »...und wenn sie schreiben – Frauenlesebuch«. Hrsg. von Aleke Thuja (LIBRICON Nr.70), Verlag Bert Schlender 1984.

Klaus-Peter WOLF, geb. 1954, freier Schriftsteller. Lebt in Bruchertseifen. Über zwanzig Romane, teilweise in acht Sprachen übersetzt, sowie zahlreiche Drehbücher für Film und Fernsehen, darunter Verfilmung seines Buches »Die Abschiebung«.

Peter WÜRL, geb. 1946. Maschinenschlosser, lebt in Ronsberg. Bisher einige Veröffentlichungen in Zeitschriften.

Ingrid WÜRTENBERGER, lebt in Freiburg.

Udo ZIELKE, geb. 1956. Verwaltungsbeamter, lebt in Kiel. Zahlreiche Veröffentlichungen in der Zeitung, im Rundfunk, in Athologien und Herausgabe einiger Bücher.

Gussy ZILLICH, geb. 1933, aufgewachsen in Salzburg, Sprach- und Wirtschaftsstudien, dann Kinderpflegerin. Mutter von zwei Kindern und Autorin von »Herzdenken« und »Scherzdenken«. Lebt in München.
»Mit den Gedanken des Herzens möchte ich für andere da sein, sie ein kleines Stück ihres Lebensweges begleiten, um ihnen ein wenig Wärme und Trost zu geben und sie manchmal zum Lächeln und zum Lachen zu bringen.«